Où sont tous mes

BISOUS?

Pour Daniel, Andrew et Adam, qui donnent les meilleurs bisous du monde. — T.T.

Pour Jo. — N.B.

Catalogage avant publication de Bibliothèque et Archives Canada

Trewin, Trudie
Où sont tous mes bisous? / Trudie Trewin;
illustrations de Nick Bland;
texte français d'Isabelle Allard.

Traduction de : I've lost my kisses.
Pour enfants de 3 à 6 ans.

ISBN 978-0-545-99280-0

I. Bland, Nick, 1973- II. Allard, Isabelle III. Titre.

PZ23.T7477Ou 2008   j813'.6   C2007-907010-8

Publié avec l'autorisation de Scholastic Australia Pty Limited.

Il est interdit de reproduire, d'enregistrer ou de diffuser, en tout ou en partie, le présent ouvrage par quelque procédé que ce soit, électronique, mécanique, photographique, sonore, magnétique ou autre, sans avoir obtenu au préalable l'autorisation écrite de l'éditeur. Pour toute information concernant les droits, s'adresser à Scholastic Australia Pty Limited (ABN 11 000 614 577), PO Box 579, Gosford NSW 2250, Australie.

Édition publiée par les Éditions Scholastic,
604, rue King Ouest, Toronto (Ontario) M5V 1E1, Canada.

5 4 3 2 1   Imprimé en Malaisie   08 09 10 11 12

Le texte a été composé avec la police de caractères Carré Noir.

Les illustrations ont été réalisées à l'aquarelle et au crayon à mine de plomb.

Où sont tous mes

BISOUS?

TRUDIE TREWIN • NICK BLAND

Texte français d'Isabelle Allard

Éditions
SCHOLASTIC

Matilda adore donner des bisous.

Elle en donne pour dire bonjour.

Elle en donne pour dire au revoir.

Elle en donne le matin et elle en donne le soir.

Mais un jour, il lui arrive une chose terrible, vraiment horrible.

—J'ai perdu mes **BISOUS!** s'écrie Matilda.

— Ne dis pas de sottises, Matilda,
répond sa mère. Les bisous sont
toujours là quand on en a besoin.

— Mais j'en ai besoin aujourd'hui!
s'exclame Matilda. Papi vient nous
rendre visite! Et la première chose qu'il
dit en arrivant, c'est toujours : « Où est
mon *gros bécot?* » Il faut que je trouve
mes bisous!

— Je les ai peut-être perdus
dans ma chambre, dit Matilda.

Elle se promène dans la maison
en chantonnant :

— Où sont tous mes bisous?
Bisous! bisous! où vous cachez-vous?

— À quoi ça ressemble, un bisou? demande l'agneau Frisou.

— Je ne sais pas, dit Matilda. Mais je sais quelle sensation ils font. Ils sont doux comme les baisers de maman pour dire bonne nuit. Et parfois, ils chatouillent comme les baisers moustachus de papa.

Matilda regarde dans son placard, derrière son coffre à jouets et sous son lit, mais elle ne trouve qu'une vieille banane.

Elle plisse le nez.

— Beurk! Je n'embrasserais jamais ça, même si je trouvais mes bisous!

— Je les ai peut-être perdus dehors, dit Matilda.

Elle se dirige vers le jardin en chantonnant :

— Où sont tous mes bisous? Bisous! bisous! où vous cachez-vous?

— À quoi ça ressemble, un bisou?
demande le chien Câlin.

— Je ne sais pas, répond Matilda. Mais
je sais quel goût ils ont. Ils sont délicieux
comme des chocolats de Pâques.

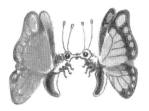

Matilda regarde au sommet des arbres,
dans un nid d'oiseaux et au fond du puits,
mais elle ne trouve qu'une poupée qu'elle
avait perdue.

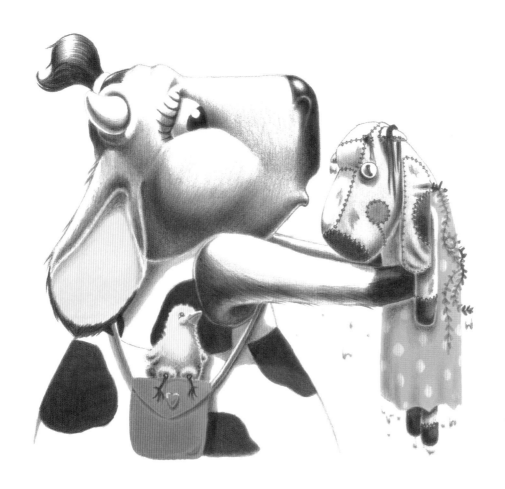

— Oh, Aglaé, que je suis contente de te retrouver!
s'écrie-t-elle. Je t'embrasserais bien... mais j'ai perdu
mes bisous, ajoute-t-elle tristement.

Plus tard dans la matinée, Matilda va au
supermarché avec sa mère.

— Peut-être que je trouverai mes bisous
dans le magasin, soupire-t-elle.

— À quoi ça ressemble, un bisou? demande M. Lacrinière.

— Je ne sais pas, dit Matilda. Mais je sais quel bruit ils font.
Ils peuvent faire un petit « mouououa » très doux, comme les
bécots pour guérir les bobos. Ou bien un gros bruit mouillé,
comme les bisous baveux de bébé Jérémie.

Matilda regarde parmi les légumes, derrière
les boîtes de céréales et sur la tablette des produits
laitiers. Mais elle ne trouve aucun bisou.

Elle revient d'un pas lourd à la maison.
Elle a cherché partout, mais n'a pas trouvé
un seul bisou.
Et papi qui doit arriver cet après-midi!

À l'aéroport, Matilda a le cœur gros.

Quand les voyageurs commencent à descendre de l'avion, elle ne lève même pas les yeux.

Mais elle les entend qui s'embrassent. On dirait qu'ils ont tous des bisous!

Tous... sauf elle.

Une grosse larme glisse sur la joue de Matilda.

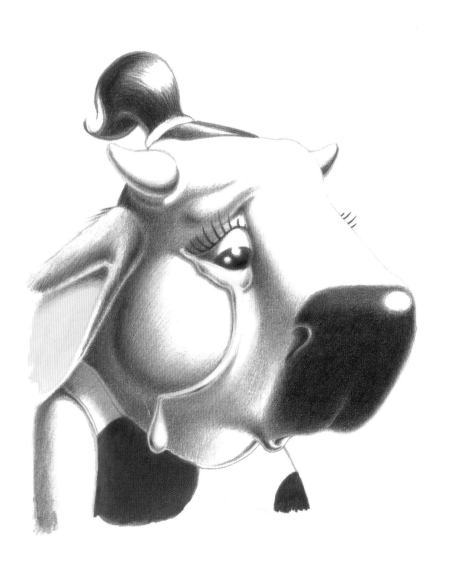

Puis elle entend une grosse voix.

— Matilda, où est mon **gros bécot?**

Soudain, Matilda sent quelque chose remuer au fond de sa poitrine. Quelque chose qui l'envahit... comme si elle allait éclater!

— Je suis remplie de **BISOUS!** s'exclame-t-elle.

Juste au moment où j'en ai besoin!

Matilda donne à papi le plus
gros bisou du monde!

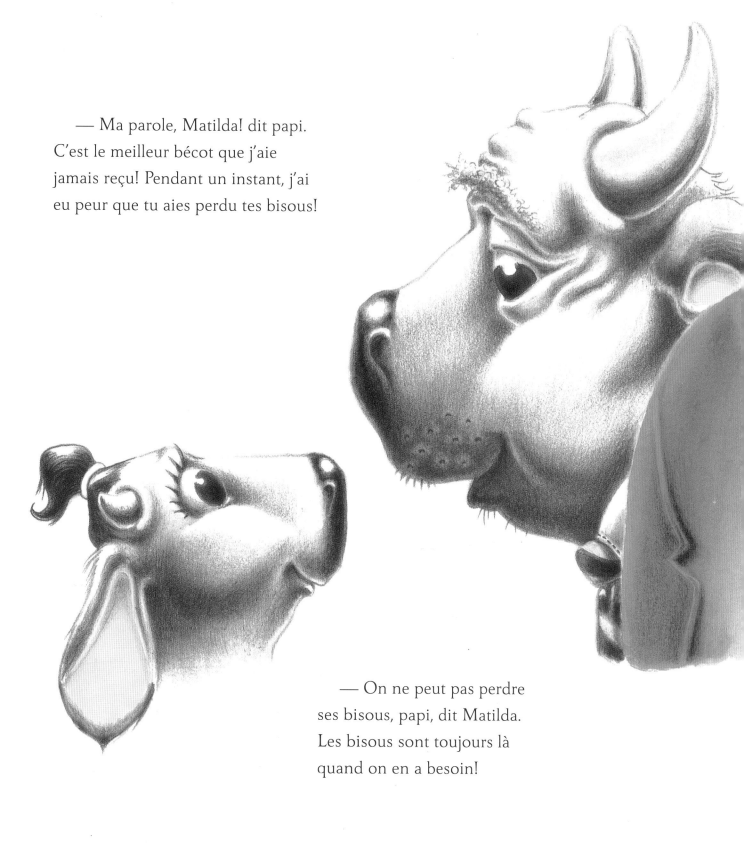

— Ma parole, Matilda! dit papi.
C'est le meilleur bécot que j'aie
jamais reçu! Pendant un instant, j'ai
eu peur que tu aies perdu tes bisous!

— On ne peut pas perdre
ses bisous, papi, dit Matilda.
Les bisous sont toujours là
quand on en a besoin!